DORA L'EXPLORATRICE™

La Montagne Étoilée

adapté par Alison Inches
illustré par A&J Studios

PRESSES AVENTURE

Paru sous le titre original de : *Dora Climbs Star Mountain*

Publié par Presses Aventure, une division de
Les Publications Modus Vivendi Inc.
55, rue Jean-Talon Ouest, 2ᵉ étage
Montréal (Québec)
Canada H2R 2W8

Dépot légal : Bibliothèque et Archives nationales du Québec, 2007
Dépot légal : Bibliothèque et Archives Canada, 2007

Traduit de l'anglais par : Catherine Girard-Audet

ISBN-13 : 978-2-89543-750-5

Nous reconnaissons l'aide financière du gouvernement du Canada par l'entremise du Programme d'aide au développement de l'industrie de l'édition (PADIÉ) pour nos activités d'édition.

Gouvernement du Québec — Programme de crédit d'impôt pour l'édition de livres — Gestion SODEC

Hi! Je suis Dora, et voici mon meilleur ami Babouche. Aujourd'hui, ma grand-mère m'a offert un cadeau. *My grandma* m'a fait un collier qui s'agence avec mon bracelet. Je l'aime beaucoup ! Aimes-tu les cadeaux, toi aussi ?

Oh oh, je crois entendre Chipeur le renard. Ce renard rusé tentera de chiper mon collier. Si tu vois Chipeur, dis-lui : « Chipeur, arrête de... »

Oh non ! C'est trop tard ! Chipeur a chipé mon collier et l'a lancé au sommet de la Montagne Étoilée. J'aime vraiment mon collier. Vas-tu nous aider, Babouche et moi, à le récupérer ? Parfait !

La Montagne Étoilée est la demeure des étoiles exploratrices. Si nous les appelons, elles nous aideront à retrouver mon collier. Pour appeler les étoiles exploratrices, nous devons dire : « *Stars* ». Dis-le avec nous. « *Stars !* »

Regarde ! Les étoiles exploratrices sont arrivées ! Voici Étoile outilleuse, l'étoile exploratrice qui possède toutes sortes d'outils, Jumper, l'étoile exploratrice ultra-sautée, et Scintillante, l'étoile exploratrice qui brille très fort. Les étoiles exploratrices nous aideront à récupérer mon collier.

Nous devons d'abord trouver une façon de nous rendre au sommet de la Montagne Étoilée. À qui devons-nous demander de l'aide lorsque nous ne savons pas quel chemin prendre ? À Carte ! Dis : « Carte ! »

Carte dit que pour récupérer le collier, nous devons d'abord monter quinze marches, puis escalader le Diamant, et que c'est ainsi que nous atteindrons l'Étoile géante située au sommet de la Montagne Étoilée.

Vois-tu les marches ? *Where are they?* Les voici ! Mais elles sont couvertes de brouillard ! Étoile outilleuse devra nous aider à nous déplacer dans ce brouillard. Quel outil peut-elle utiliser pour nous faire avancer dans ce brouillard ? *Yes!* Un ventilateur !

Étoile outilleuse repousse le brouillard avec son ventilateur. Bon travail !

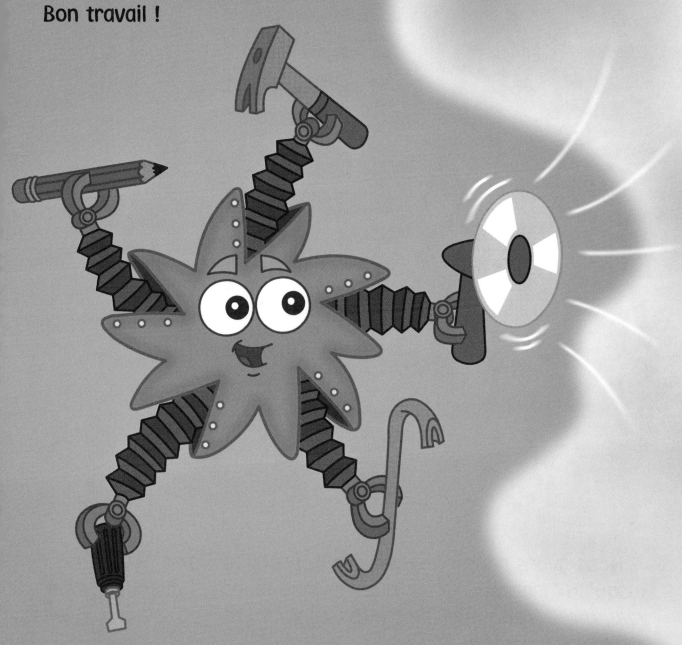

Nous avons réussi à traverser le brouillard et à nous rendre jusqu'aux marches. Compte les quinze marches avec moi. *One, two, three, four, five, six, seven, eight, nine, ten, eleven, twelve, thirteen, fourteen, fifteen.*

Bravo ! Nous avons réussi à monter les quinze marches, mais regarde cette flaque de boue verte et bouillonnante ! Elle nous bloque le chemin ! Nous avons besoin d'une étoile exploratrice pour nous aider à traverser cette flaque de boue. Scintillante, l'étoile qui brille très fort, peut nous aider à faire fondre la boue grâce à ses lumières chauffantes. Vas-y, Scintillante !

Hourra ! Nous avons traversé la flaque de boue ! Où devons-nous aller à présent ? C'est exact, au Diamant ! Attends, j'entends un grondement. C'est une roche géante !

Regarde ! Voici Jumper, l'étoile exploratrice ultra-sautée. Jumper peut nous aider à sauter par-dessus les éboulements de roches. Comptons jusqu'à trois avant de sauter. Compte avec moi. *One, two, THREE!* Nous avons sauté par-dessus la roche géante ! *Thank you, Jumper!*

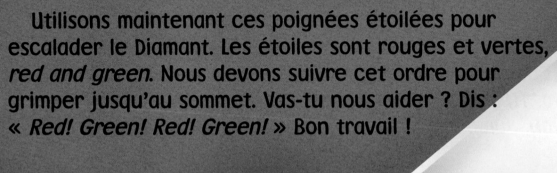

Utilisons maintenant ces poignées étoilées pour escalader le Diamant. Les étoiles sont rouges et vertes, *red and green*. Nous devons suivre cet ordre pour grimper jusqu'au sommet. Vas-tu nous aider ? Dis : « *Red! Green! Red! Green!* » Bon travail !

Nous sommes arrivés au sommet du Diamant ! Merci de nous avoir aidés. Nous devons maintenant nous rendre à l'Étoile géante pour récupérer mon collier. *Where is it?*

Voici l'Étoile géante, et voici mon collier !
Pour grimper au sommet de l'Étoile géante,
nous aurons besoin d'une longue corde.
Peux-tu regarder à l'intérieur de Sac-à-dos
pour trouver une longue corde ? Tu dois
dire : « Sac-à-dos » !

Vois-tu une longue corde ? *Very good!* Très bien ! Merci !

Nous devons maintenant lancer la corde au sommet de l'Étoile géante. Souhaite-moi bonne chance ! Dis : « *Good luck!* » Hourra ! J'ai réussi ! Merci de ton aide !

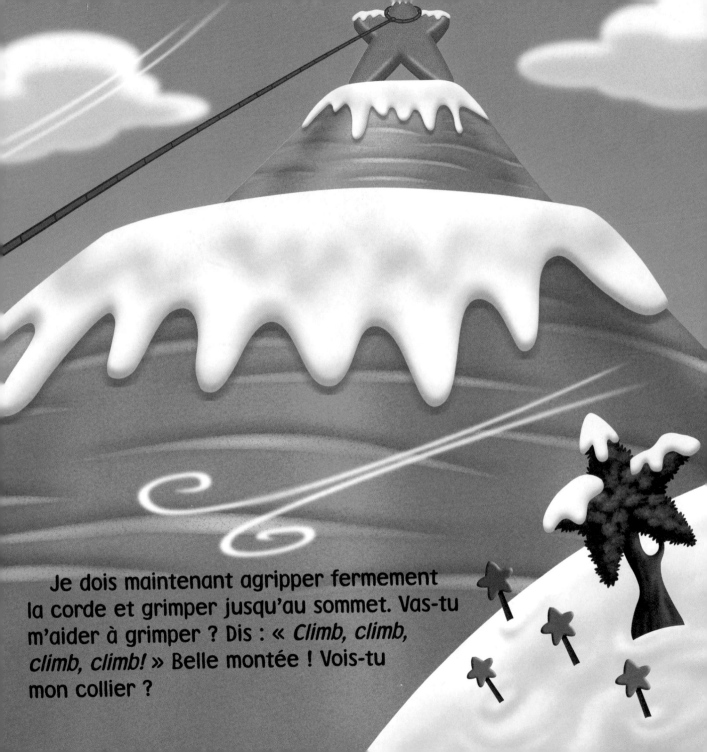

Je dois maintenant agripper fermement la corde et grimper jusqu'au sommet. Vas-tu m'aider à grimper ? Dis : « *Climb, climb, climb, climb!* » Belle montée ! Vois-tu mon collier ?

Je le vois ! Mon collier ! Mon collier !

We did it! C'est gagné ! Les étoiles exploratrices et toi m'avez aidée à récupérer mon collier. *Thank you, Stars!*

Je n'aurais jamais réussi sans toi. *Thank you!* Merci de ton aide !